いわさき楊子

川柳人が楽しむ

エモい

漱石俳句

飯塚書店

もくじ

☞はじめて川柳と漱石俳句にふれるかたへ

漱石は29歳のとき熊本の第五高等学校に赴任しました。熊本生まれで在住のわたしには、漱石は小説家としてより、教師、また俳人として身近に感じることが多いのです。英語教師としての仕事のかたわら、在熊4年3ヵ月の間に約1000句もの俳句を詠み、俳人漱石として指導的役割を果たしました。生涯には2500余りの句を詠みました。その中から川柳と俳句の愛好家として、川柳人の視点で選んだ漱石俳句を楽しみました。

○句の下にある年齢は人間漱石を身近に感じるために、『漱石全集』第十七巻に載っている俳句の年代をおよその年齢として記しました。

○句には適宜ふりがなを打ちました。

○漱石の人物像や熊本での足跡がわかるように、解説を入れました。

○川柳や俳句についての基本的なミニ知識もところどころに入れています。

○途中に丸ゴシック体で記されている句は拙詠の川柳または俳句です。

Ⅰ　川柳人が楽しむ漱石俳句

1

気になる句

人に死し鶴に生れて冴返る　30歳

川柳人が選ぶ最初の句にしては格調が高すぎたようです。「冴返る」という早春の季語が句を引きしめています。それにしても丹頂鶴《たんちょう》の気高さは日本の鳥の中では群を抜いています。白、赤、黒という三色のはっきりとした色彩。ゆるやかな縦のカーブが輪郭をつかさどる立ち姿。日本の意匠《いしょう》としては最高ランクのものです。加えて昔話の「鶴の恩返し」も謙虚という日本らしい道徳観が支持されるゆえんでしょうか。それなのに国鳥はなぜか桃太郎の家来の雉《きじ》。

姿見の前で丹頂鶴になる

いの字よりはの字むつかし梅の花　30歳

子どもはひらがなの「い」から書けるようなります。曲線で書く「は」はレベルがひとつ上のようです。ぽっぽっと順に梅の小さなつぼみが開くようにひらがなを覚えていくのです。梅は、いっせいに咲いて散る桜とはまた違った日本の春の花の趣があります。

「う」から「あ」へぽつりぽつりと梅開く
ひらがなを駆使してメール春にする

帰ろふと泣かずに笑へ時鳥　22歳

漱石2500余句の初作とされている句です。病弱だった友人の正岡子規を見舞った後日、子規あての手紙に記されています。こんなところから俳人漱石の俳句が始まったとは驚きです。漱石さんにも当然のことながら初学の時代がありました。

今ならSNSで「ガンバp(^^)q」と送信するところでしょうか。

鳴くならば満月になけほとゝぎす　25歳

信長、秀吉、家康の性格をなぞらえた時鳥《ほととぎす》の句はあまりにも有名ですが、それをパロディにして詠んでいるのです。川柳として詠んだのではないかという説があります。漱石と友人の正岡子規は一緒に東京帝国大学を卒業するはずでしたが、子規はライフワークとしていた「俳句分類」に没頭するあまり落第します。そのとき子規宛に送った手紙に書かれていた句です。まだ俳句を本格的には学んでいないときに手紙に添えたというところから、漱石が子規に伝えたいことを直接、語りかけるように詠んだ句といえます。ちなみに「子規」は、ほととぎすとも読みます。

病室を出ると真顔の見舞客

行春や紅さめし衣の裏　32歳

これは艶っぽい。まじめな漱石先生にはこのような色っぽい句は少ないのです。「紅《くれない》さめし衣《きぬ》の裏」で男女の始まりから終わりまでを指し示していますね。このように川柳人は比喩をことさらに深読みするたちがあるのです。たぶん俳人の読みは違うでしょう。「行《ゆく》春《はる》や」という切れ字をつかった大きな季語に重点があるので、下の句はさらりと客観視するのが常道でしょう。その読みもまた冷ややかな艶があります。

玄関でこっそりぬぐう春の泥

菫程な小さき人に生れたし　30歳

一番有名な句かもしれません。「菫程《すみれほど》な」の「な」は「の」のまちがいではありません。「な」

は「なる」の省略ともいわれています。しかし、助詞のつかいかたは明治と今では少し違うようです。「の」でつなぐと「小さき人」を指すだけにすぎませんが、「な」にすることで小さな切れが生じ、菫のイメージが広がります。

漱石は29歳のとき池田駅（現在の上熊本駅）に降り立ちました。漱石の年齢と明治の年号はおなじ。つまり明治29年4月13日のこと。そのころ日本では高等学校以上は9月入学でしたから、学期途中の着任でした。上熊本駅から京町台に上って第五高等学校（現在の熊大）方面へ下って行きました。

京町台に上る途中の京陵中学校正門わきに句碑が建てられています。それには次のように表記されています。

すみれ程の小さき人尓生れた志　漱石

句碑に刻まれている句はところどころに変体仮名が使われていて簡単には読めません。（写真①）松山市子規記念博物館所蔵の短冊写真からとった漱石の筆文字らしいのですが、書いた年代は不明です。

　いずれの句も漱石句なのです。後年は趣味の南画にそえて句を書いたりしていました。有名な小説家になってからは、たのまれて短冊にしたためることもありました。観て鑑賞する場合は違う書きかたもしたでしょう。おおらかな気持で漱石の俳句を楽しみたいものです。

スミレだけ残し町内清掃日

なで肩のひとと肉食恐竜展

写真①

ミニ知識 1

漱石（金之助）は江戸時代から高田馬場一帯を治めている名主の五男末子として生まれました。そしてすぐ塩原家に養子に出されました。復籍して夏目姓にもどったのは21歳のときです。夏目家の家紋が「井桁に菊」であったことから、現在の新宿区にある町名を喜久井《きくい》町と名付けたのは父・直克です。菊にはことのほかの思いがあるでしょう。漱石の２５００余句の中に95句もの菊の文字が入った句があります。

衣《ころも》更《か》へて京より嫁を貰ひけり　29歳

菊活けて内君転た得意なり　〃

漱石は29歳の6月9日、熊本市光琳寺《こうりんじ》町の家で結婚しました。1句目の衣更へと結婚は意外な取り合わせですが清々しさが腑に落ちます。結婚の喜びと将来への希望に満ちています。2句目の「内君《うちぎみ》」はふざけていう妻のことです。「転《うた》た」はいよいよという意味。ユーモアにあふれ、こだわりのない妻の鏡子《きょうこ》さんの様子がよく表わされています。新婚のころ漱石は妻に「おまえはオタンチンノパレオロガスだよ」と言ってからかいました。このことばは『吾輩ハ猫デアル』の文中にも登場します。東ローマ帝国の歴史に登場する「コンスタンチン」と「パレオロゴス」を漱石流に洒落《しゃれ》て言ったのです。このちの漱石の小説には、妻や女を得体《えたい》のしれないものとして書かれている場合が多いのですが、まあ、わかりやすい女なんてこの世にはいないけれど。

初心には戻れないけどいい夫婦
ベジタリアンの顔で川柳詠んでいる

一方、更衣の句には漱石ならではの滑稽味のあるものもあります。

ぬいで丸めて捨てゝ行くなり更衣《ころもがえ》　29歳

埒《らち》もなく禅師肥たり更衣　30歳

衣更て見たが家から出て見たが　36歳

これら3句は季語の季節感よりも人間に視点が置かれています。3句目は新しい夏の着物がすこし気恥ずかしいのです。それでもなんとなく外に出てみたいという気持ちです。「たが」のリフレインにもそわそわとした心情が表われています。

吾老いぬとは申すまじ更衣　29歳

いくつになっても初夏には自然素材の白シャツを手に取りたくなります。

美しい老いには少し金が要る

銭湯に客のいさかふ暑かな　29歳

すゞしさや裏は鉦うつ光琳寺　〃

「暑し」も「涼し」も夏の季語です。こんなところにも日本文化のわびさびを感じます。表裏一体、陰陽和合などというちょっと大げさな四字熟語を思い出してしまいます。

掲句はどちらも同じころ、友人・正岡子規へ評を受けるために送った句稿のなかにあります。1句目は描写により暑ぐるしさそのものを詠んでいます。2句目は暑さを句にして楽しむ余裕が感じられます。エアコンや扇風機などなかった時代には、かすかな風や色や音で夏の暑さを往《い》なしながら暮らしていたのでしょう。「すゞし」の仮名表記も、鉦《かね》の音も、その音を連想させる光琳《こうりん》という韻もみな響きあってすゞしげです。

光琳寺は漱石が鏡子と結婚し、住み始めた家の裏にありました。現在は寺はありませんが、熊本下通につながる通り名〔光琳寺通り〕（写真②）として残っています。

写真②

なんのかんの言ってもエアコンをつける
涼しげな音させながら不燃ゴミ

朝貌や咲た許《ばか》りの命哉《かな》　24歳
君逝きて浮世に花はなかりけり　〃

今日よりは誰に見立ん秋の月

〃

25歳で亡くなった兄嫁をしのんで、この3句をふくむ13句を追悼《ついとう》句として詠んでいます。漱石はこの兄嫁に恋心をいだいていたようです。漱石24歳、そのような青春もあったでしょう。兄嫁は秋の月の様な人だと言っています。しっとりとした女性が想像できます。しかし数年後はタイプの違う鏡子さんが妻となります。

漱石の恋心についてはいくつか推測で語られています。24歳のとき眼科で出会った女、前述の兄嫁、友人の妻となった歌人の大塚楠緒子など。残されたわずかな句や記録で憶測されるのも偉大な漱石ならではのことでしょう。

漱石がI love you.を「月がきれいですね」と訳したというまことしやかな説が流布されていますが、確証のないことです。

朝貌や惚《ほ》れた女も二三日　40歳

こちらの朝貌《あさがお》の句は都々逸にでも謡えそうな俳句です。ゆとりの年齢でしょうか。

〜三日三晩も想ふた女
　今ぢや寝起の古女房〜

「貌《かお》」という漢字はおよそ植物の朝顔からは遠いような気がしますが、漱石俳句には「朝貌」の表記が10句もあり、「朝顔」は2句だけです。現在は一般的には「顔」を使うことが多く、「貌」は表情や心情をことさら強く表わすときに用います。明治時代にはそれほどの使い分けはしていなかったようです。

だまされたふりの笑顔は美しく
夕貌のどれもわたしを見ていない

昼蛍問いただしてはならぬこと
妻と母以外のひとり笑いする

風ふけば糸瓜をなぐるふくべ哉 28歳
一大事も糸瓜も糞もあらばこそ 36歳

1句目にある「ふくべ」とは瓢箪《ひょうたん》のこと。風にふきやられた瓢箪が糸瓜《へちま》をなぐったようにみえたという。とかくケンカの常套句《じょうとうく》は、この野郎！ヘチマ！ヒョウタン！オタンコナス！なぜかぶらさがるものばかり。

2句目には、およそ俳句にはふさわしくないたぐいの言葉がつかわれていますが、漱石先生、よくぞ詠んでくださった。人が生きているあいだには一大事も多々な小事もある。「へちま！くそ！いも！どてかぼちゃ！おたんこなす！おまえの母ちゃん出べそ！」などと放言して一大事をやりすごす知恵をもっている。言葉の暴力でもなんでもない。人間って強いし、かわいいし、そして哀しい。

タコとイモとナスとヘチマは義兄弟
下がるだけ下げた頭が横を向く

病妻の閨《ねや》に灯ともし暮るゝ秋　31歳

春の夜や妻に教はる荻江節　47歳

1句目は年齢から、第5の家・内坪井の家に住んでいたころでしょう。妻・鏡子さんをいたわるやさしさがにじみ出ています。鏡子さんの性格についてはいろいろと推測されていますが、しとやかな妻ではなかったようです。東京の良家から数え年20歳でやってきて熊本で結婚しました。そして漱石のロンドン留学までの4年3カ月を支えました。五高教師というおかたい職業の漱石をなごませるいい奥さんだったとおもいます。2句目は晩年、奥さんに長唄のようなものを教わっています。漱石の俳句は生活感あふれた句も多く、柳人としては興味深いものです。

温暖化いつかはひとり夫婦岩

お立ちやるかお立ちやれ新酒菊の花　28歳

でました松山弁の句。俳句の革新運動を興した正岡子規との交流の親密度がわかります。熊本に来る前の句です。漱石は愛媛県尋常中学校の英語教師でした。

病の癒えた子規が愚陀仏庵から東京に帰るときに菊香る季節に新酒を酌み交わして送ったのでしょう。掲句を発音どおりに書くと「おたちゃるか、おたちゃれ……」となります。「出発なさるのですか、出発なさい……」という意味です。

ミニ知識 2

小中学校では国語の時間に川柳という言葉が出てくることはめったにありません。社会には江戸の文化のところで少し触れてある教科書もあります。では俳句についてはどうでしょう。現在は小学3年生で国語の教科書に俳句に関する教材があります。俳句とはこういうものという学びをします。江戸時代から明治時代の代表句が載っています。

ここで正岡子規についても少し紹介しておきます。

子規は愛媛県松山出身で漱石とは大学の同級生です。新聞『日本《にっぽん》』の記者となり（明治26年）に「獺祭書屋俳話《だっさいしょおくはいわ》」を連載し、俳句の革新運動を開始しました。テレビもラジオも雑誌もあまりないころ、新聞は最大のマスメディアでした。その後、子規は従軍記者として日清戦争に赴き、中国から帰る船上で喀血しました。その養生のために漱石が松山の下宿〈愚陀佛庵《ぐだぶつあん》〉へ招いたのです。そして子規は52日間そこに仮寓《かぐう》しました。この間、子規の元には学生や俳友や地元新聞記者らが集い、俳句会が連夜ひらかれ議論が交わされました。この52日の間に漱石の俳句の基礎が築かれたといっても過言ではありません。漱石もそのまえから親しんでいた俳句ではありましたたが一気に傾倒していきました。愚陀仏庵が本格的な漱石の俳句出発点といえます。

愚陀佛は主人の名なり冬籠《ごもり》 28歳

子規との同居から数カ月後には五高の英語教師として熊本に赴任します。その後もひんぱんに子規へ句稿を送って評を仰いでいます。漱石の俳句の師はまさに正岡子規でした。

鐘つけば銀杏ちるなり建長寺 28歳

有名な「柿くへば鐘が鳴るなり法隆寺　子規」の2ケ月前に漱石が詠んだ句です。漱石のこの句が「柿くへば…」の句に影響を与えたという説があります。それにしても、俗の食べ物である柿と寺の鐘の音を取り合わせた子規の句のほうが優れています。スミマセン漱石先生。

新聞の経済面でエコバッグ
贋《がん》作の贋作ならばシロだろう

蒲団薄く無《なし》に若《し》かざる酔心地　30歳
昼の中は飯櫃包む蒲団哉　〃

この2句は2015年に発見されました。松山の俳句仲間にあてた手紙にあったもの。「俳友も殆《ほとん》ど皆無の有様悲しく落寞《らくばく》を嘆じ居《おり》候《そうろう》」と書いています。

1句目は愛媛松山の中学校から熊本の五高に赴任した翌年の冬、蒲団という季語で心細さをストレートに詠んでいます。

2句目は漱石らしい生活感のあふれた句です。夜は飯櫃《めしびつ》のぬくもりの移った蒲団で寝たのでしょうか。

俳句雑誌「ほとゝぎす」がこの手紙の日付の前月、明治30年1月に松山で創刊されています。勢いのある俳句の地・松山から熊本へ来て俳人仲間と別れた寂しさをつのらせたことでしょう。しかし、この翌年には熊本でも寺田寅彦、厨川千江らにより俳句結社「紫溟吟社《しめいぎんしゃ》」が作られ、漱石は指導的役割を果たすようになります。熊本時代の漱石は、五高教師であるとともに新興俳句創成期のさなかにいた俳人漱石でもありました。そして熊本在住４年３ヵ月の間に生涯で最も数多く、約１０００句を詠みました。

くやしい日かなしい日だけ書く日記
炊飯器のタイマー押してから家出

折釘に掛けし春著や五つ紋　33歳

誤字発見！「春著」は「春着」の間違いではないかと思いきや、広辞苑では「著」は「着」

の本字とあります。つまり（はるぎ）と読むのです。現在なら国語のテストではまちがいとなる漢字でしょう。漱石句を読んでいくとこのような小さな驚きも楽しいものです。和服の正装である五つ紋の晴れ着が折釘にかかっている新春の景色はあらたかなり。

正装で臨むといつもヘマをする

海嘯去って後すさまじや五月雨　29歳

「海嘯」は（つなみ）と読みます。平成23年3月11日の東日本大震災による津波は記憶にあたらしいところですが、明治29年6月15日にも明治三陸地震が襲って多大な被害がでています。当時の記録によると38メートルの高さまで津波がきたという。テレビやラジオもない情報伝達の乏しかった時代に漱石が句に残しているということは、新聞などでよほどのニュースとしてとりあげられたことが想像できます。五月雨とは旧暦5月ころに降る長雨。しとしとと降る雨がより哀しみを深くします。いまはあまり使われない「海嘯《つなみ》」という漢字表記も効いています。「嘯」にはうなる、なく、ほえるという意味があります。

掲句を先頭に40句を子規に送って評を仰いでいます。俳句の師として正岡子規を信頼していました。このころ漱石は自分の句稿末には「愚陀《ぐだ》拝」と俳号らしきものを書いていました。

筆圧の強い短いメールくる
ゆれ以来スイカを横に切っている

五月雨や四つ手繕ふ旧士族　30歳

四つ手とは魚をとる四角い網の一種。破れた網を繕《つくろ》って漁を生業にしたのか、その日の糧《かて》にしたのか、いずれにしてもわびしさの漂う句になっています。江戸から続いた社会の仕組みは急には変わりませんでしたが、明治4年の散髪脱刀令、明治9年の廃刀令と次々と旧士族は文明開化の洗礼を受けることとなります。明治半ばに詠まれた句にはまだ江戸の名残があります。

衣更同心衆の十手かな　36歳

実景ではないでしょう。衣更《ころもがえ》が取り合わせとしていいかどうかは疑問ですね。

短夜や夜討をかくるひまもなく　36歳

夜討ちとはただならぬ。夏の季語、短夜をひきだす遊びの言葉として用いただけでしょう。漱石は俳句を楽しみとして書いていたことがうかがえます。

字余りの本音を漏らす五月雨
五月雨返しそびれた傘ひとつ

鶏頭や秋田漠々家二三　28歳

鶏頭花の異様なかたちと毒々しい赤色は人を黙らせる威圧感があります。上五にこれを持ってこられたらことば少なに景色にもどすしかありません。荒涼とした秋の田との対比で句が成っています。「鶏頭の十四五本もありぬべし　正岡子規」という有名な句も鶏頭だけで絶対的な存在感を詠みました。

そして黄色の鶏頭を詠んだ次の句もあります。

鶏頭の黄色は淋し常楽寺　28歳

月並句ですが、先の句を読んだ後にはより淋しさがただよいます。

御かくれになつたあとから鶏頭かな　45歳

明治天皇崩御のあとに書かれたものです。奉悼の句とはいえ、赤赤しい鶏頭を切れ字にすえているところは俳諧味があります。小説に追われる日々を過ごしていた年齢の句ですが、俳句は楽しみとして続けていました。

タワシにもお葬式にもあるランク

2

旅

漱石は4年3カ月の熊本滞在中によく旅をしています。後年、小説『草枕』や『二百十日』の題材となったのも熊本時代の旅です。

傘を菊にさしたり新屋敷　30歳

――「草枕」の道――

鉢の菊にまで傘《からかさ》を差しかけてある家があったのでしょう。いまも熊本市に新屋敷という地名があります。漱石夫婦が住んだ大江の家（第3の家）あたりで詠んだと思われます。

明治30年の年末29日（推定）、この家（当時は大江村にあった。現在は水前寺公園ウラに移築されている）から五高教師同僚の山川信次郎と小天温泉に徒歩で向かいました。金峰山の北を通る山越えの23㎞の結構ハードな旅です。もちろん着物に下駄。昔の人は健脚でした。

そして前田案山子家別邸で過ごした数日間をもとに小説『草枕』（明治39年発表）が書かれまし

た。『草枕』は俳句的小説といわれており、各所に俳句要素がちりばめられています。
　そして、この旅で詠んだとおもわれる句が残っています。天候や過した年末年始の前田家別邸でのようすが手にとるようにわかります。句碑も数多く建てられています。漱石30歳のときです。

家を出て師走の雨に合羽哉　（石畳の道の入口）

降りやんで蜜柑まだらに雪の舟　（南越展望所）

かんてらや師走の宿に寐つかれず　（前田家別邸）次ページ写真③

温泉《ゆ》の山や蜜柑の山の南側　（熊本市・玉名市境界）

天草の後ろに寒き入日かな　（野出の茶屋公園）

旅にして申訳なく暮るゝ年

うき除夜を壁に向へば影法師

酒を呼んで酔はず明けたり今朝の春
馳け上る松の小山や初日の出
温泉や水滑かに去年《こぞ》の垢
（小天温泉 那古井館前庭）

温泉をつなぐとできる日本地図
たぶん雌温泉玉子おいしいな
露天風呂猿に戻ってしまいそう

——二百十日の旅——

漱石は後年『二百十日』という短い小説を書いています。明治32年8月30日から9月2日まで、五高の同僚・山川信次郎と阿蘇登山を試みています。この旅を舞台にした小説です。ほとんどが圭さんと碌さんの軽妙な江戸弁の会話で進行する落語のようです。面白おかしく書きながらも、

写真③

華族や金持ちを皮肉った社会性もにじませています。

「ビールはございませんばってん、恵比寿《えびす》ならございます」

という宿屋の姉さんのくだりは有名です。

次にあげる数句は、まったくもって小説『二百十日』を連想させます。阿蘇に泊まり、旅先の句を残していることは地元の者にとっては嬉しいことです。残された句をあじわいながら小説を楽しむことができます。漱石32歳のこと。

ミニ知識 3

川柳も俳句も江戸時代中期の始まりです。平和が長く続いた江戸時代に、文字の読み書きができる庶民が多くなって文化の担い手となります。五七五　七七　五七五　七七……と前句を受けながら詠みつづける俳諧連歌が人気となります。そして最初の句（発句）には季節を入れるという決まりがあります。これが独立して俳句になっていきます。あとに続ける句がまた独立して川柳になったといわれています。独立する途中には、前句付《まえくづけ》といって、七七が残っていました。江戸時代の句は古川柳といわれています。

戸下温泉

温泉湧く谷の底より初嵐
女郎花馬糞について上りけり

阿蘇谷への入り口にある「戸下《とした》温泉（八句）」のなかの句。女郎花《おみなえし》も竜胆《りんどう》も阿蘇の野の花は美しい。馬糞《ばふん》によって種が運ばれるという節理も自然なことです。すらりと馬糞を詠んだところが漱石の個性。

内牧温泉

湯槽から四方を見るや稲の花
北側は杉の木立や秋の山

阿蘇神社

朝寒み白木の宮に詣でけり

阿蘇の山中にて道を失ひ終日あら
ぬ方にさまよふ

灰に濡れて立つや薄と萩の中

行けど萩行けど薄の原広し

いまとは違い観光標識などあるはずもなく、雨と灰にまみれて道に迷いました。この句はそのときの描写。灰が降ったということは、かなりの中岳の噴火だったと推察されます。行けどの繰り返しがさまよったようすをよく表わしています。

立野といふ所にて馬車宿に泊る

語り出す祭文は何宵の秋

祭文《さいもん》とは祭文節のこと。遊芸人が心中ものなど世俗の出来事を語ったりして演じました。立野の馬車宿で聴いたとおもわれます。

野菊一輪手帳の中に挟みけり
路岐して何れか是なるわれもかう

この阿蘇登山の旅で詠んだ句には、薄、萩、野菊、われもかう（吾亦紅）と、今も阿蘇の野に豊かに自生する秋の草花が詠まれています。今も同じに咲いていますよと漱石先生に伝えたいものです。

旅立ちの朝のスリッパ向け直す
いい人でなくてもいいじゃない野菊
算数がヘタでも金持ちになれる
リサイクルするために飲む缶ビール
吾亦紅ぽきりと故郷の痛み

ミニ知識 4

川柳という名称は、江戸中期に流行った万句合《まんくあわせ》の点者（選者）・柄井川柳《からいせんりゅう》の名前にその由来があります。江戸の町角に投句所があり1万もの句が集まったという記録があります。句には個人名ではなく組連の名を書きました。入選句には賞品が出て、庶民の楽しみのようなものでした。しかしその時代には多くの点者がいたのに、どうして柄井川柳の名前が残ったかは不明です。多くの江戸庶民たちの句が載った『俳風柳多留《はいふうやなぎだる》』が発行され続けました。この期間の川柳を「古川柳《こせんりゅう》」といいます。

3

教師漱石・俳人漱石

――五高を詠む――

漱石は熊本高等学秋季雑咏として、五高を記録するかのような句を残しています。学校、運動場、図書館、習学寮、瑞邦館、倫理講話、教室、植物園、物理室、化学…と前書きをつけて1、2句ずつ詠んでいます。

いかめしき門を這入れば蕎麦の花

32歳

この門とは今も立っている第五高等学校（現在の熊本大学）の赤い煉瓦《れんが》の門のこと。その門と赤煉瓦校舎（いまは五高記念館となっている）の間には、現在は学食や図書館などの建物があります。そのころは蕎麦畑だったとは……。立田山の緑を背景にして、煉瓦の

写真④

赤と蕎麦の花の白のコントラストが目に浮かびます。

写真⑤

秋はふみ吾に天下の志　32歳

若い夏目金之助先生の勉学への素直な志を読みとることができます。現在もある熊本市上通の古書店から100冊以上の本を購入したことがわかっています。

写真は熊大黒髪敷地内の五高記念館の東にある漱石の座像（写真④）。このわきにこの句が書かれた碑（写真⑤）があります。

暗室や心得たりときりぎりす　32歳

化学とは花火を造る術ならん　〃

漱石が五高で教師をしていたときの学生に、後に物理学者となった寺田寅彦がいました。親しく交友し、漱石を主宰として仲間と紫溟吟社《しめいぎんしゃ》という俳句結社を作って人文の分野でも活動しました。のちの小説『吾輩は猫である』の水島や『三四郎』の野々宮のモデルは寺田寅彦といわれています。漱石を生涯師とあおぎました。

赤いもの見たあとすする狸蕎麦

数学が終わると佃煮のにおい

――紫溟吟社《しめいぎんしゃ》――

漱石は熊本で俳句を約1000句も詠み、その後も生涯にわたって俳句を楽しみとしました。

熊本時代は英語教師であるとともに正に俳人だったのです。

漱石と東京大学予備門で同級生だった正岡子規は、病気をかかえながらも「獺祭書屋俳話《だっさいしょおくはいわ》」を新聞「日本」に連載を始め、江戸後期に停滞していた俳句の革新運動に着手しました。そのころの漱石はまだ俳句にそれほど熱心ではなかったようです。

前にも述べたとおり、病気療養のため地元松山に帰省した子規は松山の中学校の教師をしていた漱石の下宿（愚陀仏庵）に52日間仮寓《かぐう》しました。そこで漱石もおのずから俳句に浸ることとなります。そうして俳句への熱を持ったまま、数カ月後の明治29年4月に熊本の第五高等学校へと赴任したのです。

熊本に来てからも子規にたびたび句稿を送って評をあおいでいます。そのような俳句熱を五高の学生が気づかぬはずがありません。漱石の家には学生が出入りするようになり、とうとう明治31年10月2日漱石の内坪井の家で11人の句座が開かれました。これが「紫溟吟社」の始まりです。近くの寺（次ページ写真⑥）も句会場になりました。ところが指導的な役割は果たしましたが、新聞に俳人として自分の名を出すことには消極的でした。このように漱石が俳句に対して躊躇するのは、俳句と文学との違いを繊細に感じ始めていたのかもしれません。

寺借りて二十日になりぬ鶏頭花
31歳

写真⑥　子飼商店街近くにある忍法寺

――スポーツが好きだった――

青年のころは意外にもスポーツが好きでした。そのころの若者の楽しみは今のように多くの種類はなかったとはいえ、いろいろなスポーツを経験しています。大学時代は器械体操がとてもうまかったようです。ボート、水泳、乗馬、庭球も体験しています。五高教師時代は端艇部（ボート部）の部長でした。

弦音にほたりと落る椿かな　27歳

弦音になれて来て鳴く小鳥かな　〃

若いころは流行った大弓をかなり稽古していました。1句目は「ほたり」という音のオノマトペが静かさを表わして格調高い。2句目は漱石らしい小鳥へのやさしいまなざしがみえます。

相撲取の屈托顔や午の雨　31歳

血気盛んな土俵上の顔ではなく、精気のない相撲取りの顔に午《ひる》の雨を取り合わせて詠んだことに俳味があります。相撲を勝負だけではなく、力士の内面までも観察しています。後年には国技館にも通って熱心に観戦し、太刀山《たちやま》という力士がひいきでした。

おもしろいのはロンドン留学中に「西洋の相撲」を見に行っている事です。それはいわゆるプロレス興行です。相撲とちがって勝ち負けがすっきりしないことに、「……大いに埒のあかない……坐り相撲の子分見たやうな真似をして居る……」と子規あての手紙に書いていています。東洋と西洋の違いをこんなところにも感じていたのかもしれません。

力道山をたたけば直るブラウン管
高跳は身長別にしてほしい
わが町の五輪選手で町おこし

ミニ知識 5

江戸時代、俳句がまだ俳諧といわれていたころに多くの人が詠み始め、派ができたりしながら発展していきます。その中の一人が松尾芭蕉です。江戸中期に多くの門人を持って活躍しました。貴族的な雅の世界ではなく、俗なところにある事柄で高みを目指すことを試みました。

4
熊本の家

漱石は結婚してから6軒の借家に住みました。そのうちの3軒は熊本に現存しています。明治時代に建てられた家が残っているのは全国的にも珍しいことです。

❶光琳寺の家（熊本市下通町一〇三番地）

熊本で結婚して鏡子夫人と住み始めた家。今は繁華街の一角となったビルの壁に、「すゞしさや裏は鉦うつ光琳寺」の句と漱石の住まいがあったことが記されています。（写真⑦）

❷合羽町の家（合羽町二三七番地）

名月や十三円の家に住む

29歳

家賃十三円が高いと思ったらしい。名月の雅と家賃の俗の取り合わせがいかにも漱石らしい句です。

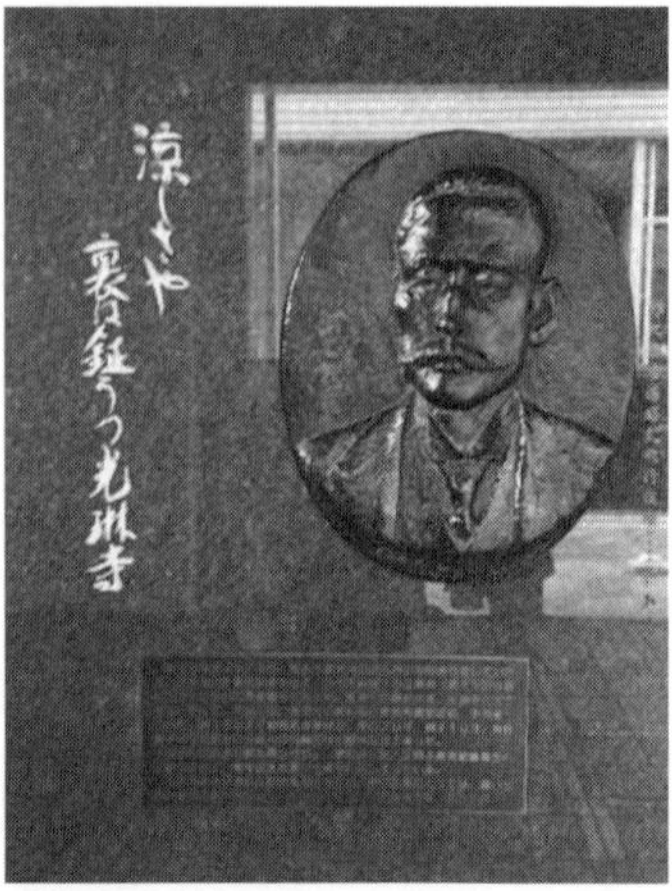

写真⑦

❸大江の家（大江村四百一番地）＝水前寺公園ウラに移築されて現存
　この家から出発した小天温泉への旅が小説「草枕」になりました。現在、一般に公開されています。
❹井川淵の家（井川淵八番地）白川のほとりにありました。
❺内坪井の家（内坪井町七十八番地）＝現存
　一番長く（1年8カ月）住みました。現在「夏目漱石内坪井旧居」として熊本市によって保存公開されています。第1子の筆子はこの家で生まれました。産湯に使った井戸のそばに「安々と海鼠の如き子を生めり　漱石」の句碑があります。
❻北千反畑の家（北千反畑七十八番地）＝現存
　ロンドン留学のため上京するまでの最後の家。

菜の花の隣もありて竹の垣　33歳

鶯も柳も青き住居かな　〃

漱石が熊本で最後に住んだ6番目の家、北千反畑の家で詠んだ句です。何回引っ越しても新しい住まいは気持ちが凛となるものです。この4ヶ月後にはロンドン留学のため熊本を去ることになります。家は現存しており、保存活動が始まっています。

去るときにスキップしないようにする
どこに住んでも回覧板にはさまれる
コンビニへ固定資産税納入す

ミニ知識6

現在、いったい川柳とはどのようなもと考えられているでしょうか。ユーモア、皮肉、うがちの三要素が入っていて、五七五音の話し言葉で詠まれたもの、という定義が一般的でしょう。このことについてはまったく正しいのです。ところが川柳に限らず何事も深く学んでいくと、定義におさまりきれないところがあることに気がつきます。大樹は、幹から派生する枝や葉、洞に巣を作る鳥、蜜を吸う虫たちをかかえて立っているのです。枝葉は大樹の輪郭となって影をつくり、こもれびをもたらします。幹以外のところに魅力がかくれています。

5

熊本を詠む

湧くからに流るゝからに春の水

31歳　（写真⑧）

湧いて流れるという事実だけの描写で春の水の豊かなさまが表現されています。見たままを写生する俳句表現のお手本のような句です。川柳人には物足りなさも感じますが、「から」のリフレインにレトリックがあり、春の喜びを増幅させています。

掲句の前書きに「水前寺」とあるところから、熊本の地下水の豊かさを実感したのでしょう。漱石は五校に着任早々、端艇部（ボート部）の部長となりました。水前寺からつづく江津湖での練習にもたびたび訪れています。

写真⑧　水前寺成趣園 出水神社参道奥右側にある句碑

午砲打つ地城の上や雲の峰　29歳

結婚してまもなく詠んだ句です。そのころは熊本城跡に午砲台があり、市内に正午が知らされました。熊本城跡としたのは漱石がいたころは天守閣はありません。原因は不明ですが、西南戦争前の明治10年に大小天守閣は焼け落ちました。その後、昭和35（１９６０）年に鉄骨鉄筋コンクリートで外観復元されました。現在は２０１６年の熊本地震により大きな被害を受けて復元工事中です。

大慈寺の山門長き青田かな　29歳

大慈寺《だいじじ》は熊本市南区野田にある寺。一般的には大慈禅寺と呼ばれ、緑川沿いにあります。

鳴きもせでぐさと刺す蚊や田原坂　30歳

田原坂《たばるざか》は西南戦争の攻防があった古戦場です。草や木々の生い茂る田原坂での戦いを、勢いのあるやぶ蚊にたとえて詠んでいます。刀で刺したときのような「ぐさ」という表現が血なまぐさい。

菊池路や麦を刈るなる旧四月　30歳

前書きに熊本の地名を書いて詠んだ句がいくつもありますが、句に地名が入っているのは地元の者にはことのほかありがたいことです。

天草の後ろに寒き入日かな　31歳

小説『草枕』の題材となった旅で訪れたところの小天温泉は蜜柑山の麓《ふもと》。蜜柑山から望む天草島に沈む美しい冬の夕日を見たのでしょう。

後悔は展望台に立ったとき
消えかかる虹を鑑賞しています
山脈も疲れるだろう展望所

6 ロンドン留学

漱石は熊本の五高に教師としての籍をおいたまま、明治33年（1900年）9月、文部省第一回給費留学生としてイギリスに発ちました。プロセイン号での船旅は横浜港…神戸港…長崎港と実際に日本を離れるまで数日を要しました。それらの寄港地でも下船して人と会ったり会食したりしています。日本近海を出るまではそんなのんびりとした船旅でした。ヨーロッパに着いても、1週間ばかりパリに滞在しています。開催されていたパリ万博に3回も行きました。エッフェル塔も観ました。イギリス着は日本出発から2カ月近くかかりました。

秋風の一人をふくや海の上　　33歳

この句はロンドン出発の前に知人あてのはがきに記したものです。短冊にも書いて東京の留守宅に残しました。新しい環境への複雑な気持ちがさらりと詠まれています。

空狭き都に住むや神無月　33歳

白金に黄金に柩寒からず　34歳

ロンドンの街は巨大なビル街に見えたに違いありません。見上げると空が狭く感じたのでしょう。

着いた翌年の冬、ビクトリア女王の葬儀が行われました。質素な日本の柩《ひつぎ》にくらべると金銀の装飾にはカルチャーショックをうけたことでしょう。

栗を焼く伊太利《イタリー》人や道の傍　34歳

花売に寒し真珠の耳飾　35歳

ロンドンの街の何気ない描写です。当地でも在留邦人句会が開かれていました。十数句の記録が残っています。

しかし2年数カ月の留学後半になるにつれ、肝心の学問に倦《う》むこととなります。

三階に独り寐《ね》に行く寒かな　35歳

手向くべき線香もなくて暮の秋　〃

この年10句しか残っていないうちの5句は子規への追悼文に代えて高浜虚子に送ったもの。親友・正岡子規の死（明治35年9月19日没）を知ったのは2カ月以上たってから、日本に帰る2カ月ほど前のことでした。

筒袖や秋の柩にしたがはず　35歳

「筒袖」は洋服、「柩」は正岡子規の柩のこと。留学中のため、友の最期に添えなかった無念が「筒袖や」に込められています。

ふんわりとぎっしり詰める花柩
着船場までは真っ赤な服でいく

船長の孤独を知っている鴎《かもめ》

句あるべくも花なき国に客となり　35歳

花とはもちろん桜のこと。日本の満開の桜に思いをはせて、異国にいる寂しさがつのります。

漱石はロンドン留学の2年目にはなぜか日記を残していません。俳句もわずか10句があるのみ。ほかは日本への手紙と数編のエッセイがあるだけです。そのエッセイに「自転車日記」があります。これを書いた1902年の秋は神経衰弱がかなり深刻だったようで、「三階に独り寐に行く寒さかな　35歳」と詠んだことからも心理状態が想像できます。見かねたのか面倒見のよい下宿の婆さんが、外に出て自転車に乗ることをすすめました。このころのロンドンにはもう現在の自転車とほぼ同じ形のものが普及していました。男女を問わずだれもが乗り回し、行動範囲が広がって女性の社会進出にまで影響を及ぼしたといわれています。

ところで、漱石は自転車に乗れたのでしょうか。

わたしは乗れるようになったと思っています。自転車は異国での暗い記憶と重なるのでしょうか、とうとう日本では乗った記録はありません。

青春だなあチャリの立ち漕ぎ
泥酔の自転車楽しそうに行く
プテラノドン自由をもってしまったね

7

季語とユーモア

手を入るゝ水餅白し納屋の梅　32歳
梅の花貧乏神の祟りけり　〃
眠らざる僧の嚔《くさめ》や夜半の梅　〃
相逢ふて語らで過ぎぬ梅の下　〃

漱石全集によると、〔子規へ送りたる句稿 三十三　一〇五句〕として梅の句ばかりを連ねて詠んでいます。右は、子規が高評価の丸をつけたもののうちの4句。漱石32歳、句作にもっとも油がのっていた在熊時期と思われます。病に伏せている子規への励ましともみられる圧巻の梅105句の連作があります。

名は桜物の見事に散る事よ　28歳

この幼い詠みもまたほほえましい。桜はいっせいに散るものですよ、金之助先生。漱石

28歳、俳句を始めてまだ150句目の句。

尼寺や彼岸桜は散りやすき 28歳

女らしき虚無《こむ》僧《そう》見たり山桜 29歳

桜と女、桜と死をとりあわせる発想は今も昔も変わりません。はなやかさが併せもつ陰の余情を詠んでいます。

寺町や垣の隙より桃の花 47歳

寺町と桃の花の対比は絶妙の取り合わせ。詠み慣れた巧者の俳句になっています。さすがに後年の漱石はすっきりと描写で詠んでいるのですが、なにかものたりない。

男性の育児休業桃の花

涼しさや大釣鐘を抱て居る　29歳

「涼し」は、暑いときにこそ感じる繊細な夏の季語。この句の場合、「や」の切れ字はあまりにも大げさですが「大梵鐘《だいぼんしょう》」という象徴的な仏具だからこれでいいのかもしれません。さぞひんやりとしていたことでしょう。

川柳人は同じくひんやりとする金属でも、卑近なものについ置きかえたくなります。

涼しさや鍋釜を抱く熱帯夜

ゐいやつと蠅叩きけり書生部屋　29歳

いかにも若い元気な書生が蠅を叩く音が聞こえてきそうです。書生部屋という死語にはいまやあこがれのような響きがあります。余裕のある家は書生をおくことがありました。

遠くから来て学ぶ学生は住み込んで師や家族の身のまわりの仕事のようなこともしていました。

春の夜のしば笛を吹く書生哉　31歳

漱石は熊本で結婚後3軒目の大江村の家ではじめて書生を置きました。それは久留米出身の俣野義郎。縁側で撮った写真も残っています。後年の小説『吾輩は猫である』の多々良三平のモデルといわれています。その後に移り住んだ家にも五高生らが書生として同居しています。

秋の蠅握って而《そ》して放したり　29歳

蝿は本来夏の季語。「うるさい」は「五月蝿い」と表記するように迷惑な存在です。ところが、秋になって動きの悪くなった蠅を詠むのも俳句ならではの趣。一度は手の平でつかまえたものの放してやった、というだけの句ですが、放した後の視線の動きが見えます。「もう捕まるなよ」。

ハエたたくオール電化にしてからも
秋の蠅禅問答の構えして

叩かれて昼の蚊を吐く木魚哉　28歳

お彼岸や盂蘭盆会などは寺は人の出入りが多い。しかし日ごろは静かな本堂です。夕方の御勤めどきに、叩かれた木魚から驚いた蚊がブ～ンと飛び出る。おかしみと平穏さが同居しています。

たたかれた昼の愚痴吐く立ち飲み屋

独居の帰ればむつと鳴く蚊哉　29歳

蚊はブ〜ンと鳴くものとおもっていましたが、「むつ」という表現に思い当たるふしがあります。「おう帰ったか」と言っているようです。独り居の寂しさがつのります。

夏痩の此頃蚊にもせゝられず　28歳

俳句を始めてまもないころの句。蚊もおいしい血気みなぎる若者を好むらしい。痩《や》せた身体は蚊にもさされないと嘆く。網戸のない明治の世にはもう生きられない。

秋の蚊の鳴かずなりたる書斎かな　40歳

この句は漱石が東京朝日新聞社専属の作家になって、初めての新聞連載・「虞美人草」が終わったころの句。安堵と静かな晩秋を重ね合わせて読むことができます。

朝寒や朝日新聞めくる音

落ちて来て露になるげな天の川　30歳

これはこれは、熊本弁をつかう漱石先生を発見か。熊本ではよくつかう言いかたで、「げな」は「らしい」の意味。いやいや江戸っ子の漱石先生が熊本弁をつかうはずがない。「涼しげな」と同じ「げな」のつかいかたなのでしょう。「露になるような天の川」と読むなら納得がいきます。明治時代はいまとは異なる言葉づかいをしていたようです。

漱石の句とは直接関係はありませんが、「小学校令施行規則」で平仮名が五十音に統一されたのは明治33年。近代文学は日本語の過渡期にありました。明治12年生まれのわたしの曾祖母は小学校2年までしか行かなかったので、ひらがながやっと読めました。

別るゝや夢一筋の天の川　43歳

影二つうつる夜あらん星の井戸　30歳

めずらしくロマンティックな句を見つけました。2句目は井戸に織姫星と彦星が写っているようす。俳句には星合《ほしあい》という美しい季語があります。星逢う夜、星の契、星の恋、星の別れなども七夕のころの季語。

予報士に一任します星の恋

七夕の笹も願いも燃やすゴミ

ミニ知識 7

明治時代になると、江戸後期に停滞していた俳諧を正岡子規が革命にのりだしました。「発句は文学なり」と主張し、俳諧の発句が俳句と呼ばれるようになりました。それが現在までつづいている俳句です。

もう寐ずばなるまいなそれも夏の月　29歳

日常のひとりごとにいきなり夏の月がついている。しかも破句、字余り。こういう俳句は明治時代にはあまり詠まれなかったのではないだろうか。漱石のやんちゃな詠みがきわだっています。白絣に兵児帯をしめた金之助先生が文机を離れて月を見あげる姿が目にうかびます。五高の英語の教師になって、そして結婚後ほどなくのころに子規へ送った40句の中の1句。

休止符もあっていびきがリズミカル
良い傘はゴミを出すときにはささぬ
背骨から煮くずれやすい回遊魚
ジャンプした位置から客を見るイルカ

白菊と黄菊と咲いて日本かな　43歳

日本の秋を菊で形容するこの句の感覚は百年たった今でも納得できます。その匂いにも身が引き締まる感じがします。十六葉八重表菊が皇室の菊花紋であることからも日本的な秋の花のイメージが強いようです。晩年、南画に親しんだ漱石が、菊の画にこの句をそえて書いたものが多く残っています。洋室が多くなった昨今、伝統的な菊はリビングに飾ることは少なくなりました。

有る程の菊抛《な》げ入れよ棺の中　43歳

漱石の恋心について語られるとき、必ずあげられる友人の妻・大塚楠緒子の訃を知り手向けた句です。有らん程という措辞に深い悲しみが表われています。

三回はきっちり食べて喪に服す

菊一本画いて君の佳節哉　46歳

「佳節」はめでたい日。さらりと描いて誰かの祝いに贈ったのでしょう。漱石は自ら画を描くだけではなく、出版する本の装丁にも凝って、気に入った画家と入念に打ち合わせをしました。現代でも通じる優れた装丁だといわれています。

黄菊満開　廃屋の生家
謹呈の本に値段が書いてある

春の川故ある人を脊負ひけり　28歳

『漱石全集』第十七巻（岩波書店）によると、原句は上五が「秋の川」となっていたものを正岡子規が「春の川」に添削したものとあります。あらためて「秋の川」と「故ある人」はつきすぎ（意味が重なりすぎ）だと気がつきます。ここらあたりの微妙な季語の外しが俳句ならではの詠みでしょう。川柳人には苦手なところです。

春キャベツザクリ軽口な男だ
肉片を流していています秋の川

ミニ知識 8

川柳を学んでいくと大きな幹（定義）におさまりきれない枝葉の部分にも魅力を感じるようになります。枝葉は文学の本質であるあいまいさをかもしだしているからなのです。あいまいなのですからきっぱりと説明はできません。その説明できない部分が魅力となって離れることができなくなります。

クリップで留めた初心がひらひらする

羽二重の足袋めしますや嫁が君

28歳

まだ熊本に来る前の俳句初心者のころの句。漱石は誰かの奥さんの履いている足袋《たび》のことを詠んだらしい。ところが「嫁が君」とは正月三が日の間の鼠《ねずみ》のことをさす忌《い》み言葉の季語。間違いを子規から指摘されています。忌み言葉とは、スルメをアタリメと言ったり、冠婚葬祭などで避ける言葉がそれにあたります。

渡らんとして谷に橋なし閑古鳥　30歳

閑寂なさまを閑古鳥が鳴くといいますが、この句にある閑古鳥はカッコウという鳥のこと。夏の季語。閑かな谷間に響くカッコウの鳴き声が聞こえてきそうです。

君が名や硯に書いては洗ひ消す　29歳

硯洗《すずりあらい》は秋の季語。七夕の朝、硯を洗い、芋の葉の露を集めて墨をすり、短冊に書いて笹に吊すと字が上手になるという故事があります。七夕も秋の季語。

空にしか書けない文字がある　好きだ!

太箸を抛げて笠着る別れ哉

29歳

太箸《ふとばし》は新年の季語。おめでたい新年に箸が折れないように丸く太く作った雑煮箸のこと。わたしの祖父は大晦日に栗の木を削って真っ白な太箸を作っていました。太いところは直径1センチもありました。

お雑煮をネット検索する娘

喰積やこゝを先途と悪太郎

28歳

「喰積《くいつみ》」は客をもてなす取肴。のちには重箱に詰めたお節料理のことを言うようになりました。昔はこんな直接的な名称だったのですね。いたずらっ子は旨いものから食い散らかすのは今も昔も同じ。

早食いの男じっと見てしまう

水仙の花鼻かぜの枕元　30歳

洒落ですか漱石先生。名句ではないことは確かです。と、ふつつかながら申し上げます漱石先生。「花」と「鼻」を洒落て楽しまれたのですね。鼻風邪で匂わなくても、水仙が枕元に置かれているという風景は幸せなこと。

漱石の落語好きは有名です。ユーモアを入れた次のような俳句も詠んでいます。とくに若いころの漱石先生はヤバイ。

朧《おぼろ》の夜五右衛門《ごえもん》風呂にうなる客　29歳

蟹《かに》に負けて飯蛸《いいだこ》の足五本なり　29歳
犬去つてむくつと起る蒲公英《たんぽぽ》が　〃
菜の花の中に糞ひる飛脚《ひきゃく》哉《かな》　〃
のら猫の山寺に来て恋をしつ　30歳
ぶつぶつと大な田螺《たにし》の不平哉　〃
暖に乗じ一挙虱をみなごろしにす　〃
日は永し三十三間堂長し　47歳

このように、川柳としても読める句はあげればきりがありません。

正岡子規の俳句革新運動に遅れること10年、新聞『日本』では阪井久良伎によって、明治中期ころから川柳にも改革の意識が高まり始めました。やっと現在につながる新興川柳が始まったのです。明治中期はまだ俳句も川柳も黎明期でした。

ひょっとこの面付けるとき下を向く
顔文字をならべて謝ったつもり

ミニ知識 9

川柳には俳句と違って、ことばの取り合わせの妙だけではなく、「どうだ」とまっすぐ迫る詠みかたがあります。季語らしきものが入っていてもあくまで生の人間が主体です。

カンナ燃ゆ生命保険解約す
O型の大男ジョッキまで飲む
朱の袱紗《ふくさ》パシと捌《さば》いて鬼女となる

初夢や金も拾はず死にもせず　28歳

これはすごい川柳。いやいや間違い、俳句でした。「初夢や一富士二鷹三茄子（はつゆめやいちふじにたかさんなすび）」などという故事のめでたいフレーズは吹っ飛びます。俗の象徴としての金《かね》と重い死が軽い物言いでリフレインされていて、むしろすがすがしい。年があらたまろうとも連綿とつづく生があります。

恩給に事足る老の黄菊かな　40歳

この年齢のとき、漱石は朝日新聞社に小説を書く職業作家として入社しています。熊本の五高では教師として勤務しましたが、その後40歳まで、とうとう正式な勤め方はしなかった漱石先生が、なんと恩給を詠みましたね。

穴のある銭が袂《たもと》に暮の春　41歳

「穴のある銭」が半端な印象で俗っぽい表現です。場末の酒場なら一杯くらいは飲めそうな暮の春ですね、金さま。

宝クジお金以外は当たらない
お役人酒場でそっと金のこと

とぶ蛍柳の枝で一休み　24歳

柳とあれば川柳人はとりあげないわけにはいきません。蛍も蛙も人間も柳の木の下で休みます。ゆらゆらと休んでから尻を光らせたり古池に飛び込んだりします。人間は栄養ドリンクをあおってまた営業へ。若くてまだ俳人でも文学者でもなかった漱石先生はヤバイ、もとい、おもしろすぎます。

やかましき姑健なり年の暮　32歳

姑からみれば漱石も普通の娘婿にちがいありません。姑さんは東京から遠く離れた熊本にいる娘が気になっていたことでしょう。「やかましき」とはいえ「健なり」という措辞におかしみと、安心がみえます。

妾と郎別離を語る柳哉　32歳

これはまったく想像の句でしょう。柳の下で別れ話をした。現代なら目抜き通りから入った路地というところでしょうか。

俗俳や床屋の卓に奇なる梅　32歳

異様にねじまげられた悪趣味な盆栽の梅の木に目がとまりました。「俗俳や」とことさらに大きく切れ字をつかって皮肉っています。このような句を詠んだひょうきんな若い漱石さんが確かにいました。

容赦なく瓢を叩く糸瓜かな　32歳

「風ふけば糸瓜をなぐるふくべ哉　漱石」という類句もあります。漱石はひょうきんなもののたとえとして、糸瓜（へちま）と瓢（ふくべ＝ひょうたん）をよく使っています。ぶら下がるものが互いに叩きあうさまは愉快です。川柳人は人に転じて読むくせがありますよ。

ライバルに含み笑いで誉められる
羽衣が掛けられるよう曲げる松

器械湯の石炭臭しむら時雨　　29歳

風呂を焚く燃料の変遷がわかります。この句から燃料として石炭が普及しはじめたことがわかります。こんなところからも明治時代の産業発展が垣間見えます。わたしも銭湯通いから家の風呂になったとき、たしかに石炭の臭いがしました。外釜だから時雨にあたると石炭の臭いはよりきつくなるのです。

原発につながっている電気風呂

女の子発句を習ふ小春哉　28歳

「俳諧連歌」のはじめの一句が発句《ほっく》。季節の言葉を用いて切れ字をつかった句を最初に詠みました。それが現在の俳句となりました。そのあとに続く平句《ひらく》が川柳となったといわれています。女も発句、つまり女の子が俳句を学んでいたことがわかる句です。明治20年代は高等女学校も各地に開校し始めました。「女の子」といういい方も明治時代にしてはおもしろいですね。

七十点ほめられてから忘れられ

蜱のふと鳴き出しぬ鳴きやみぬ　30歳

何も言わない音の描写だけで俳句となっています。これが伝統的な俳句の詠みかたでしょう。はて、新興俳句創世紀に伝統的という言葉があったかどうかは疑問ですが。蟀《こおろぎ》の鳴きかたで雨戸の外の人の気配がわかる。と、推測するのは人間の勝手な深読み。こおろぎにはこおろぎの都合、蟻には蟻の都合があります。

こおろぎが昨日と違うことを言う
追い越した働き蟻は外される
六列にならぶ蟻ならば　怖い
鶴を折ったひとさし指でつぶす蟻

ミニ知識 10

これからの川柳はどこへ向かうのでしょう。そもそも、俳句や川柳というジャンル分けは永遠に存在するのでしょうか。モノやコトはいつの時代も変化の途におかれています。いまはとらえどころのない未分野な文芸も数百年後は形あるものになっているかもしれないし、過去の遺物として語り継がれるのかもしれません。その途にある今を楽しみましょう。

8

人間漱石

鏡子夫人

登世（兄嫁）

漱石

大塚楠緒子
（友人の妻・歌人）

前田卓
（小説『草枕』の那美のモデル）

愚かなれば独りすゞしくおはします　36歳

『漱石全集』（岩波書店）によると、この句から十三句を井上微笑《びしょう》（藤太郎）に送ったものとあります。微笑は熊本県球磨郡湯前村の俳人で、俳句結社白扇会《はくせんかい》を主宰しました。生まれは現在の福岡県朝倉市ですが父の仕事の関係で移り住み、当時の湯前村役場に勤務します。漱石が在熊時に指導的役割を果たした俳句結社・紫溟吟社に投句して夏目漱石選で入選を果たしたこともありました。

微笑に請われて白扇会に送った句は、漱石がロンドン留学から帰ったのち東京に住んでいたころ詠んだものです。句には、夜討、同心衆、十手、一筋町、旅芸者、鍛冶、市の灯、玻璃盤、などの江戸（東京）らしい言葉が使われています。句稿には「……マズキものばかりに候」という漱石の謙遜の文面がそえられています。微笑は漱石と同じ慶応3年生まれ。36歳どうしの交流でした。

薔薇ちるや天似孫の詩も見厭たり　36歳

天似孫はイギリスの詩人テニソンのこと。ロンドンで苦しんだ神経の病は帰ってからも完治せず、学問が嫌になったことが読みとれます。10句目にある次の句にも漱石の苦渋がみえます。

能もなき教師とならんあら涼し　36歳

教師という職業に疑問をもちつつ、あら涼しとあきらめた言い切りに矛盾を感じている漱石がいます。漱石最初の小説『吾輩は猫である』を俳句雑誌「ホトトギス」に発表したのはこの1年半後のこと。ロンドン留学がもたらした精神の混乱を小説で文学に反映していきます。

継続は力　マンネリに暮らす

白白白白白とでるガラポン
矮小化された向日葵が臭う

漱石という名は現在ではあまりにも有名なので、俳句も小説も五高の教師のときの名も夏目漱石でくくられることが多いようですが、実は違います。

木瓜咲くや漱石拙を守るべく 30歳
月に行く漱石妻を忘れたり 〃

漱石という名の初出は22歳のとき。子規の「七艸集《ななくさしゅう》」の評を書いたときにはじめて漱石と署名しました。漱石の意味は、流れに漱《くちすす》ぐを石に漱ぐと間違えたのをへそ曲がりに訂正しなかったという中国の故事に由来します。「漱石」という言葉を俳句に使ったのはこの2句のみ。1句目は人に左右されず朴訥《ぼくとつ》として生きることを木瓜《ぼけ》の花に例えています。のちに漱石にまつわる言葉として「自己本位」(他人に左右されない生き方)、「則天去私」(自己にこだわらず自然の道理に従う)が象徴的に使われますが、その考えかたの基となる句といえるでしょう。2句目は1人目の子を流産した妻を鎌倉にのこして1人で熊本に下ったときの句です。そのころの熊本は月に行くほど遠かったのでしょう。そして、妻と離れるのを寂しがる漱石さんがいます。

一東の韻に時雨るゝ愚庵かな　30歳

紅梅や舞の地を弾く金之助　48歳

夏目金之助が本名でしたが、手紙や封書ではどう署名していたのでしょう。『漱石書簡集』三好行雄編（岩波書店）によると、書簡の最後に記された名は次のようにバラエティーに富んでいます。金之助、漱石、郎君、平凸凹、凸凹、金、愚陀仏、金やん、金生、夏金生、父。

現在のツイッターで使用するネームのような自嘲めいた署名がみられます。とくに、親しい子規とのやりとりでは、いまの若者と変らないおちゃめな漱石先生でした。ちなみに『漱石全集』第十七巻（岩波書店）の奥付は夏目金之助の表記となっています。

子の都合一切きかず命名す
アルファベット順に高齢者名簿

漱石も家庭では一人の父親でした。女5人男2人の7人の子をもうけました。妻・鏡子さんが四女愛子を出産するときにはお産の介助人が間に合わず出産を手助けしています。そして五女雛子を幼くして亡くしています。

熊本で妊娠した最初の子は流産でした。そして熊本の内坪井の家でようやく長女筆子が生まれます。今も残されている内坪井第五旧居の井戸のわきに次の句碑があります。

安々と海鼠の如き子を生めり　32歳

「海鼠（なまこ）」という表現がいまも物議をかもしている句です。女親ならば、安産だったとしても「安々と」とはいわないでしょうし、子を「海鼠」とは表現しないでしょう。最初の子だったこともあり、可愛いさのうらはらとして得体の知れないものに比喩したのかもしれません。かわいい仔猫などより海鼠がむしろ詩句にしています。男親ならではの子に対する距離感も感じます。

漱石が生涯のうちに子どもを詠んだ句には、男の子にくらべて女の子を詠んだ句が多いのです。女児や娘をみるやさしいまなざしが読み取れます。

黒塀にあたるや妹が雪礫　40歳

女の子十になりけり梅の花　49歳

めちゃくちゃの子どもの遊びにもルール
ちょっと動かすだるまさんがころんだ
お役所に届けて人になる赤子
親子とは連帯保証人のこと
追求はほどほどにして親子丼

漱石が胃患を持病としていたことは有名です。43歳の8月に伊豆の修善寺で重篤となり、そのまま現地の菊屋旅館で2カ月ほど療養をして幸いにも回復しました。ここでの療養は「修善寺の大患」といわれ、その後の漱石の人生観に大きな影響を与えました。すでに売れっ子の小説家でしたが、療養中は長い文章は書けなかったようです。その後書いた随筆に療養中のときの句を載せています。

秋風やひゞの入りたる胃の袋
病む日又簾の隙より秋の蝶
静なる病に秋の空晴れたり
稲の香や月改まる病心地
骨の上に春滴るや粥の味
病んで夢む天の川より出水かな
風に聞け何れか先に散る木の葉
冷やかな脈を護りぬ夜明方
露けさの里にて静かなる病
病んで来り病んで去る吾に案山子哉

〈上の11句を意訳して散文にすると……〉

今日は胃の具合がいいから髭でもそるか。それにしても秋になったというのに我が胃にはひびが入っているようだ。秋の蝶が簾越《すだれ》しにときどき見舞いにきてくれる。今日は胃の調子がいい。秋空がきれいだ。実りの秋だなあ稲の香りがしてきたぞ。まるで春がしみるように粥《かゆ》が温かくておいしい。

十月にもなって、具合の悪いときに天の川が氾濫する夢をみたぞ。木の葉も散り始めて秋風のみが知る我が命だなあ。このごろ明け方の脈は正常だし、朝露が美しい里にいて病は癒えてきているようだ。田んぼの案山子《かかし》君、ここに来た夏のころも立っていたね。そろそろ東京に戻るときが来たようだ。さらば。

六階の小児病棟星流る

秋晴に病間あるや髭を剃る　43歳
行く春や知らざるひまに頬の髭　47歳
鶯や髪剃あてゝ貰ひ居る　〃

後年に詠まれたこれらの句を読むと、体調をくずした漱石は髭《ひげ》を剃ることを安らぎとしているようにおもえます。残された漱石の写真の髭は『草枕』五に書かれているようにどれもゴワゴワと硬くみえます。

剛毛の男やわらかい小指
鯰髭さわる最終局面へ

――最　期――

秋となれば竹もかくなり俳諧師　49歳

いたづらに書きたるものを梅とこそ　〃

晩年は南画をたしなみ、描いた画に自句をそえました。請われてかくこともあり、季節に合った画や句をしたためました。このことからも後年には俳句は楽しみに徹していたことがわかります。

秋立つや一巻の書の読み残し　49歳

芥川龍之介宛の手紙に書いた句。亡くなる年の秋の句です。辞世の句ではありませんが最期の年にふさわしいたたずまいをしています。ここまで書いてきて、あらためて俳人漱石を確信しました。ロンドン留学後、小説において漱石が日本文学に与えた影響はいうまでもありません。しかし、少なくとも熊本在住までは俳人漱石そのものでした。その後小説を書き始めてからも手紙や手帳に記して俳句を詠み続けたことは事実。たとえそれが趣味や楽しみのためのものだったとしても、もともと俳句や川柳はそういうものなのですから。

実南天あるいは書架の「草枕」

瓢箪は鳴るか鳴らぬか秋の風　49歳

この句は『漱石全集』第十七巻に、年月がわかった句の最後に載っています。なんといっても川柳人としては、役に立たないものの代表とされる瓢箪《ひょうたん》がつかわれていることが気になります。晩年はおとなしい句が多いのですが、このおとぼけ感はユーモアに富んだ若いころの漱石俳句を思い出させます。しかもなんとなく寂しさも漂う句です。

漱石は家族や弟子たちに見守られながら、住まいである漱石山房にてみまかりました。大正5年、満49歳の12月9日でした。静かだったのはここまでで、すぐに門弟の森田草平の発案で石膏のデスマスクがとられました。翌日は東京帝国大学医学部にて解剖され、脳は現在も東京大学医学部に保管されています。

戒名は文献院古道漱石居士。墓所は東京都の雑司ケ谷霊園。（写真⑨）

終活へまず縦のもの横にする
開戦忌レノン忌そして漱石忌
一筆書きの丸の終わりが閉じられぬ

写真⑨　夏目漱石の墓

☞ 漱石先生の個人情報

◆慶応３年１月５日生れ（旧暦）。西暦でいえば 1867 年２月９日生れ。母 40 歳のときの子で五男。本名は夏目金之助。漱石という名は 22 歳のときはじめて使った。

◆身長 158.8 センチ（五尺二寸四分）。体重 53kg（14 貫）。生涯、体格はあまり変わらなかった。

◆ 28 歳のとき「ジャパンメール」の記者を志願して不採用になる。

◆正月に毎年旅をしたのは、年始に大勢の学生たちが家に来て閉口したから。家にいないのが一番ということ。

◆うま味調味料・L - グルタミン酸ナトリウムの発見者の池田菊苗とロンドン留学時に親しく交流した。

◆タカジヤスターゼという胃薬を飲んでいた。

◆鏡子が四女愛子を出産するときに助産婦が間に合わず出産を手助けした。

◆胃だけではなく痔も悪くしており 40 歳まえに切開をした。ちなみに漱石の未完の小説『明暗』の最初は痔の手術台の場面。

◆生涯借家住まいだった。

◆最期に口にしたのはぶどう酒だった。

◆疱瘡《ほうそう》にかかったあとの顔のあばたを気にしていて、現在残っている写真はすべて修正されている。

◆漱石の声は 38 歳当時の録音記録があった。しかし、蝋管のカビや摩耗のため聞くことはできない。日本音響研究所が、漱石の写真から口腔の容積、構造などを割り出して合成したものならある。

上熊本駅前にある実物大の漱石像

Ⅱ　番外編

◆新宿区立漱石山房《そうせきさんぼう》記念館と子規庵《しきあん》

２０１８年１月20日訪問

東京メトロ東西線の早稲田駅から東へゆるい坂を上り下りして10分ほど歩きます。東京は坂の多いところだと気づきます。すると白いモダンな外観の漱石山房の建物に行き着きます。新宿区が立てた通り名の柱なのにいたく感銘。（写真⑩）。ここでは主に小説を書き、亡くなるまでの約９年間を過ごしました。

建物の２階には漱石が文机の前で写った写真の書斎そのままに、本棚の書籍などが細かく再現されています。その書斎も、木曜会で文人たちが日本の近代文学を熱く語ったであろう続きの間（当時は畳が敷かれていた）も洋館作りだったのは意外でした。

庭の芭蕉の木は冬場とあって根元から剪定されていま

写真⑩

したが、ベランダに置かれた椅子で芭蕉を眺めながら休む漱石が想像できました。

初秋の芭蕉動きぬ枕元　42歳

一方、台東区根岸にある子規庵は同保存会によって維持されています。山の手線の鶯《うぐいす》谷《だに》駅で降りて進むと、ただならぬホテル街に迷いこみます。身を固くし、地図を握りしめて歩き着いた時にはほっとしました。ガラガラと玄関の引き戸を開けると、狭い三和土に上がり框《かまち》。子どもの頃に遊びに行った友達の家のようななつかしい日本家屋のたたずまいです。南向きの畳の間にガラス戸に向かって文机が置かれています。その窓からは糸瓜が下がっているのが見えます。（写真⑪）漱石と同年齢で親友だった正岡子規は漱石がロンドン留学中に病死しました。子規忌は獺祭《だっさい》忌、糸瓜《へちま》忌ともいいます。

長けれど何の糸瓜とさがりけり　29歳

写真⑪

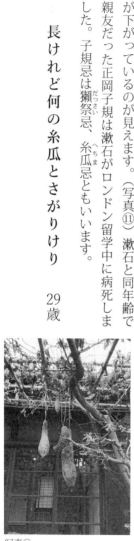

◆漱石は熊本の赤酒《あかざけ》を飲んだか

甘からぬ屠蘇や旅なる酔心地　31歳

この句は山川信次郎と年末から年始にかけて小天温泉（現在の玉名市）への旅で詠んだと思われる句の中の一句です。

はてさて注目すべき点に気がつきました。「甘からぬ」とは甘くないということ。この句が詠まれたのは明治31年、熊本に来てから2回目の正月のことです。つまり旅先で飲んだ屠蘇《とそ》が甘くない清酒だったと推測されます。あえて「甘からぬ」と詠んだのは、甘い赤酒の屠蘇を来熊一年目の正月に飲んだのではないでしょうか。

熊本藩は江戸時代、清酒の製造や移入を禁じるとともに、酒の保存のために入れる灰を藩外からも買い入れて赤酒を保護しました。灰持酒《あくもちざけ》といわれる赤酒が、明治30年くらいまでは一般的でした。熊本にはいくつもの酒造業があったようです。漱石の小説『三四郎』にも赤酒が登場します。今も熊本市では正月の屠蘇として甘い赤酒が用いられます。

　肥後細川藩の米の集積地として栄えた川尻（現在の熊本市南区川尻）に、１８６７年（慶応３年）に創業した現在の〈瑞鷹《ずいよう》株式会社〉はいまも赤酒を製造しています。赤酒だけではなく、いち早く明治の初めから清酒の製造にも着手したところでもあります。当時は熊本に30軒ほどの酒造所があったそうです。くしくも瑞鷹さんは漱石の生まれた年と同じ年の創業ですが、漱石が瑞鷹を飲んだかどうかは不明です。

　私事ですが、著者の祖父（明治22年生まれ）は玉名市の高瀬や伊倉にあった酒造業で樽職人として働いていました。あれやこれやと掲句に思いをはせました。

　命には関係ないが酒が要る
　愚痴ひとつぽろり地酒が語らせる

◆日奈久《ひなぐ》に行ったかどうかはわからない

漱石は熊本に来て初めての正月、新年の回礼に来る人や学生の多さに閉口したためか翌年からは正月は家にいない。翌年は小説「草枕」の舞台となった小天《おあま》温泉へ。翌々年は元日から耶馬渓《やばけい》へ。そのまた次の年（明治33年）の正月、日奈久へ行ったかどうか。

後年、妻の鏡子が『漱石の思い出』(夏目鏡子述・松岡譲筆録　昭和三年)のなかで、「……筥崎八幡や香椎宮や大宰府の天神やにお参りして、それから日奈久温泉などに行きました」と述べています。しかし、『漱石がいた熊本』村田由美著によると、「日奈久温泉は船小屋温泉の間違い」とあります。明治29年に行った前述の旅の各所を詠んだ句にならべて、前書きに――船小屋温泉――とある次の句が残っているので日奈久は鏡子の記憶ちがいとおもわれます。

ひや〳〵と雲が来る也温泉の二階　29歳

あくまでも乱暴な仮説ですが、船小屋温泉（現在の福岡県筑後市）を日奈久温泉（現在の熊本県八代市）と間違えたとはいえ発音が似ています。約30年後までも日奈久という特徴ある地名を覚えていたということは、在熊中に何らかの関わりがあった所だと考えてもいいのではないでしょうか。

濱崎《はまさき》曲汀《きょくてい》「熊本時代の夏目漱石」（文藝春秋１９３４年7月号　聞き書き）には同行の小島《こじま》伊佐美《いさみ》の話として「三十三の冬休みには、……中略……日奈久温泉に行き旅館濱屋の二階で謡などうたつて暮した。」（村田由美氏情報）とあります。正月客を避けて明治31年から毎年正月には旅に出ていたことを考えると、33年にも旅に出ていたことが考えられます。

しかし現存の古地図には載っている旅館濱屋のあった場所には病院が建っています。手がかりとなる証拠も俳句も残っていないので本当に漱石が行ったかどうかは言えないので

す。（写真⑫）

筆者は２０１５年から毎年９月に、種田山頭火の泊った木賃宿、「おりや」の残るこの日奈久で、自由律の川柳句会を開いていました。何度も日奈久を訪れる機会がありましたが、地元のかたも旅館濱屋のことはご存じありませんでした。

美人の湯信じる者は救われる

写真⑫　この奥の左に旅館濱屋があった。

◆雑司ヶ谷霊園《ぞうしがやれいえん》

２０１９年11月17日墓参

漱石句を永く読んでいくうちに、墓参を思い立ち、漱石の墓がある東京都の雑司ヶ谷霊園に向かいました。地下鉄の路線を間違いながら、やっと着いたところは広大な霊園でした。管理棟があり、番号の振られた通り名、標識、案内チラシなど、申し分のない観光地のようなところでした。文人、政治家、芸能人など有名人の墓がたくさん案内図に記されています。池田菊苗、初代江戸家猫八、大川橋蔵、金田一京助、小泉八雲、ジョン万次郎、竹久夢二、東郷青児、東條英機、永井荷風などの御霊が眠っています。

漱石の恋を語るときに必ず登場する大塚楠緒子の墓も同じこの霊園内にありました。

漱石の大きな墓の脇に添うように夏目家の墓（写真⑬）がありました。

写真⑬

あとがきにかえて

書き始めた平成28年（２０１６年）は漱石来熊１２０年、没後１００年、生誕１５０年の記念年度をひかえた年でした。記念年度には多くの関係イベントが催され、漱石俳句関係出版物が出されました。あらためて熊本での漱石は俳人だったと認識を強くしました。書くようになったきっかけはひょんなことからでした。川柳も俳句も楽しんでいるわたしに俳人のN氏がおっしゃいました。「川柳人からみて漱石俳句に詳しくアプローチしたものはないからなにか書いてみませんか。記念年度だから形にすればどうにかなるかも」と、いとも簡単に。しかしその年度にはどうにもなりませんでした。

しかしなぜだか書き続けました。するとまたN氏がおっしゃいました。「週刊「ひとよし」（人吉中央出版社発行）に空きスペースが出たそうですが、いま書いているものを載せてみませんか」と。そして5週書いたとき、週刊「ひとよし」は月刊「くまがわ春秋」に移行しました。最初はまじめに句の鑑賞に臨みました。しかし漱石の名句といわれるものは、名のある俳人や文学者がすでに微にいり細にわたり鑑賞されており、俳句歴10年ほどの者が書くにははばかれるのです。思いきって川柳人として読むことに徹しました。そうしたら、決して俳人なら拾わないおもしろい句がどんどん目に入るようになりました。句を漱石の年譜と照らし合わせると人間漱石が浮びあがってきました。

この本は研究者ではない一川柳人が、楽しむためだけに書いたものです。そして漱石俳句を読んだことのない多くの人に届くようにと心がけました。まじめだった漱石先生の困った顔が目に浮かびます。

このたびの出版にあたっては、すでに発表したものを再編集し大幅に加筆しました。N氏の「どうにかなるかも」はこうして形になりました。

N氏、カバー画や挿画をお描きいただいたくまもと漱石倶楽部顧問・和田正隆氏、また、出版にご賛同いただいた人吉中央出版社の上村雄一氏、松本学氏に篤く感謝します。

そして、出版の問い合せをしたその日に、素早い対応をしていただいた飯塚書店様にも心より感謝します。

2020年　秋

いわさき楊子

〈掲載順 漱石俳句一覧〉

ページ

温泉の山や蜜柑の山の南側
天草の後ろに寒き入日かな
旅にして申訳なく暮るゝ年
うき除夜を壁に向へば影法師
36 酒を呼んで酔はず明けたり今朝の春
馳け上る松の小山や初日の出
温泉や水滑かに去年の垢
38 温泉湧く谷の底より初嵐
女郎花馬糞について上りけり
湯槽から四方を見るや稲の花
北側は杉の木立や秋の山
朝寒み白木の宮に詣でけり
39 灰に濡れて立つや薄と萩の中
行けど萩行けど薄の原広し
語り出す祭文は何宵の秋
40 野菊一輪手帳の中に挟みけり
路岐して何れか是なるわれもかう
44 いかめしき門を這入れば蕎麦の花
45 秋はふみ吾に天下の志
46 暗室や心得たりときりぎりす
化学とは花火を造る術ならん

48 寺借りて二十日になりぬ鶏頭花
49 弦音になれて来て鳴く小鳥かな
相撲取の屈托顔や午の雨
52 名月や十三円の家に住む
53 菜の花の隣もありて竹の垣
鶯も柳も青き住居かな
56 湧くからに流るゝからに春の水
57 午砲打つ地城の上や雲の峰
大慈寺の山門長き青田かな
58 鳴きもせでぐさと刺す蚊や田原坂
菊池路や麦を刈るなる旧四月
天草の後ろに寒き入日かな
62 秋風の一人をふくや海の上
63 空狭き都に住むや神無月
白金に黄金に柩寒からず
栗を焼く伊太利人や道の傍
花売に寒し真珠の耳飾
64 三階に独り寐に行く寒かな
手向くべき線香もなくて暮の秋
筒袖や秋の柩にしたがはず

65 句あるべくも花なき国に客となり
68 手を入るゝ水餅白し納屋の梅
梅の花貧乏神の祟りけり
眠らざる僧の嚏や夜半の梅
相逢ふて語らで過ぎぬ梅の下
名は桜物の見事に散る事よ
69 尼寺や彼岸桜は散りやすき
女らしき虚無僧見たり山桜
寺町や垣の隙より桃の花
70 涼しさや大釣鐘を抱て居る
ゑいやつと蝿叩きけり書生部屋
71 春の夜のしば笛を吹く書生哉
秋の蝿握つて而して放したり
72 叩かれて昼の蚊を吐く木魚哉
73 独居の帰ればむつと鳴く蚊哉
夏痩の此頃蚊にもせゝられず
74 秋の蚊の鳴かずなりたる書斎かな
落ちて来て露になるげな天の川
75 別るゝや夢一筋の天の川
影二つうつる夜あらん星の井戸
76 もう寐ずばなるまいなそれも夏の月

77 白菊と黄菊と咲いて日本かな
78 有る程の菊抛げ入れよ棺の中
菊一本画いて君の佳節哉
79 春の川故ある人を脊負ひけり
80 羽二重の足袋めしますや嫁が君
81 渡らんとして谷に橋なし閑古鳥
君が名や硯に書いては洗ひ消す
82 太箸を抛げて笠着る別れ哉
喰積やこゝを先途と悪太郎
83 水仙の花鼻かぜの枕元
朧の夜五右衛門風呂にうなる客
84 蟹に負けて飯蛸の足五本なり
犬去つてむくつと起る蒲公英が
菜の花の中に糞ひる飛脚哉
のら猫の山寺に来て恋をしつ
ぶつぶつと大な田螺の不平哉
暖に乗じ一挙虱をみなごろしにす
日は永し三十三間堂長し
86 初夢や金も拾はず死にもせず
恩給に事足る老の黄菊かな
87 穴のある銭が袂に暮の春

とぶ蛍柳の枝で一休み
88 やかましき姑健なり年の暮
妾と郎別離を語る柳哉
89 俗俳や床屋の卓に奇なる梅
容赦なく瓢を叩く糸瓜かな
90 器械湯の石炭臭しむら時雨
91 女の子発句を習ふ小春哉
蜱のふと鳴き出しぬ鳴きやみぬ
95 愚かなれば独りすゞしくおはします
96 薔薇ちるや天似孫の詩も見厭たり
能もなき教師とならんあら涼し
97 木瓜咲くや漱石拙を守るべく
月に行く漱石妻を忘れたり
98 一東の韻に時雨るゝ愚庵かな
紅梅や舞の地を弾く金之助
100 安々と海鼠の如き子を生めり
黒塀にあたるや妹が雪礫
女の子十になりけり梅の花
102 秋風やひゞの入りたる胃の袋
病む日又簾の隙より秋の蝶
静なる病に秋の空晴れたり

稲の香や月改まる病心地
骨の上に春滴るや粥の味
病んで夢む天の川より出水かな
風に聞け何れか先に散る木の葉
冷やかな脈を護りぬ夜明方
露けさの里にて静かなる病
病んで来り病んで去る吾に案山子哉
103 秋晴に病間あるや髭を剃る
行く春や知らざるひまに頬の髭
鶯や髪剃あてゝ貰ひ居る
104 秋となれば竹もかくなり俳諧師
いたづらに書きたるものを梅とこそ
秋立つや一巻の書の読み残し
105 瓢箪は鳴るか鳴らぬか秋の風
111 初秋の芭蕉動きぬ枕元
長けれど何の糸瓜とさがりけり
112 甘からぬ屠蘇や旅なる酔心地
115 ひや〳〵と雲が来る也温泉の二階

〈掲載順　筆者川柳・俳句一覧〉

ページ

50 力道山をたたけば直るブラウン管
高跳は身長別にしてほしい
わが町の五輪選手で町おこし
54 去るときにスキップしないようにする
どこに住んでも回覧板にはさまれる
コンビニへ固定資産税納入す
59 後悔は展望台に立ったとき
消えかかる虹を鑑賞しています
山脈も疲れるだろう展望所
64 ふんわりとぎっしり詰める花柩
着船場までは真っ赤な服でいく
65 船長の孤独を知っている鴎
66 青春だなあチャリの立ち漕ぎ
泥酔の自転車楽しそうに行く
プテラノドン自由をもってしまったね
69 男性の育児休業桃の花
70 涼しさや鍋釜を抱く熱帯夜
72 ハエたたくオール電化にしてからも
秋の蝿禅問答の構えして
73 たたかれた昼の愚痴吐く立ち飲み屋
74 朝寒や朝日新聞めくる音

75 予報士に一任します星の恋
七夕の笹も願いも燃やすゴミ
77 休止符もあっていびきがリズミカル
良い傘はゴミを出すときにはささぬ
背骨から煮くずれやすい回遊魚
ジャンプした位置から客を見るイルカ
78 三回はきっちり食べて喪に服す
79 黄菊満開　廃屋の生家
謹呈の本に値段が書いてある
79 春キャベツザクリ軽口な男だ
肉片を流しています秋の川
81 空にしか書けない文字がある　好きだ！
82 お雑煮をネット検索する娘
83 早食いの男じっと見てしまう
85 ひょっとこの面付けるとき下を向く
顔文字をならべて謝ったつもり
カンナ燃ゆ生命保険解約す
O型の大男ジョッキまで飲む
朱の袱紗パシと捌いて鬼女となる
87 宝クジお金以外は当たらない
お役人酒場でそっと金のこと

90 ライバルに含み笑いで誉められる
羽衣が掛けられるよう曲げる松
原発につながっている電気風呂
91 七十点ほめられてから忘れられ
92 こおろぎが昨日と違うことを言う
追い越した働き蟻は外される
六列にならぶ蟻ならば　怖い
鶴を折ったひとさし指でつぶす蟻
96 継続は力　マンネリに暮らす
97 白白白白白白とでるガラポン
矮小化された向日葵が臭う
99 子の都合一切きかず命名す
アルファベット順に高齢者名簿
101 めちゃくちゃの子どもの遊びにもルール
ちょっと動かすだるまさんがころんだ
お役所に届けて人になる赤子
親子とは連帯保証人のこと
追求はほどほどにして親子丼
103 六階の小児病棟星流る
剛毛の男やわらかい小指
鯰髭さわる最終局面へ

105 実南天あるいは書架の「草枕」
106 終活へまず縦のもの横にする
開戦忌レノン忌そして漱石忌
一筆書きの丸の終わりが閉じられぬ
113 命には関係ないが酒が要る
愚痴ひとつぽろり地酒が語らせる
116 美人の湯信じる者は救われる

〈参考文献・参考資料〉

・『漱石全集』第十七巻　二〇〇三年発行
夏目金之助　岩波書店
・永田龍太郎『夏目漱石句集』永田書房
・荒　正人　漱石文学全集 別巻『漱石研究年表』
集英社
・熊本近代文学研究会『方位』第十九号
三章文庫
・村田由美『漱石がいた熊本』風間書房
・浜田義一郎　編『江戸川柳辞典』東京堂出版
・小池正博『蕩尽の文芸』まろうど社
・坪内稔典『俳人漱石』岩波新書
・松岡譲 筆録「漱石の思い出」文春文庫
・半藤末利子『漱石の長襦袢』文春文庫
・夏目房之介『孫が読む漱石』
・内田百閒『私の「漱石」と「龍之介」』
ちくま文庫
・'96くまもと漱石博推進１００人委員会
「漱石の四年三ヵ月　くまもとの青春」
・熊本市文化振興課『くまもとの漱石　俳句の
世界』リニューアル版
・高田素次『井上微笑句集』青潮文庫
・三好行雄『漱石書簡集』岩波書店
・清水一嘉『自転車に乗る漱石』朝日出版社
・楠本憲吉　山村祐『新・川柳への招待』
日貿出版社
・中村周作『熊本 酒と肴の文化地理』
熊本出版文化会館
・原武哲「夏目漱石と奥太一郎」Adobe PDF
初出：『近代文学論集』第35号
・永田満徳　――熊本時代は俳人だった漱石――
「総合文化誌 KUMAMOTO　No.13」
くまもと文化振興会
・橋口武士　月刊「川柳マガジン」２００５.５
文人と川柳　File.001　新葉館出版（コピー）

◆いわさき楊子《ようこ》　プロフィール◆

1952年熊本市生まれ。熊本市在住。
1999年から川柳を始める。柿山陽一氏に師事。
2009年から俳句を始める。あざ蓉子氏に師事。
「川柳スパイラル」会員。俳句雑誌「麦」誌友。
結社やグループをこえて、座やwebで短詩文芸を楽しむ。俳号は西村楊子。
ミニ川柳集「らしきものたち」（私家版）毎年発行。

「エモい」
英語の「emotional（エモーショナル）」を由来とした、「感情が動かされた状態」、「感情が高まって強く訴えかける心の動き」などを意味する日本のスラング（俗語）、および若者言葉である。出典：『ウィキペディア（Wikipedia）』

川柳人が楽しむ エモい 漱石俳句

2020年12月9日　第1刷発行

著　者　いわさき楊子
カバー画・挿画　和田 正隆
装　幀　山家 由希
発行者　飯塚 行男
発行所　株式会社 飯塚書店
〒112-0002 東京都文京区小石川5-16-4
TEL 03-3815-3805 FAX 03-3815-3810
http://izbooks.co.jp
印刷・製本　モリモト印刷株式会社

 ISBN978-4-7522-4017-4　Printed in Japan